이시환시집

상 / 선 / 암 / 가 / 는 / 길

신세림

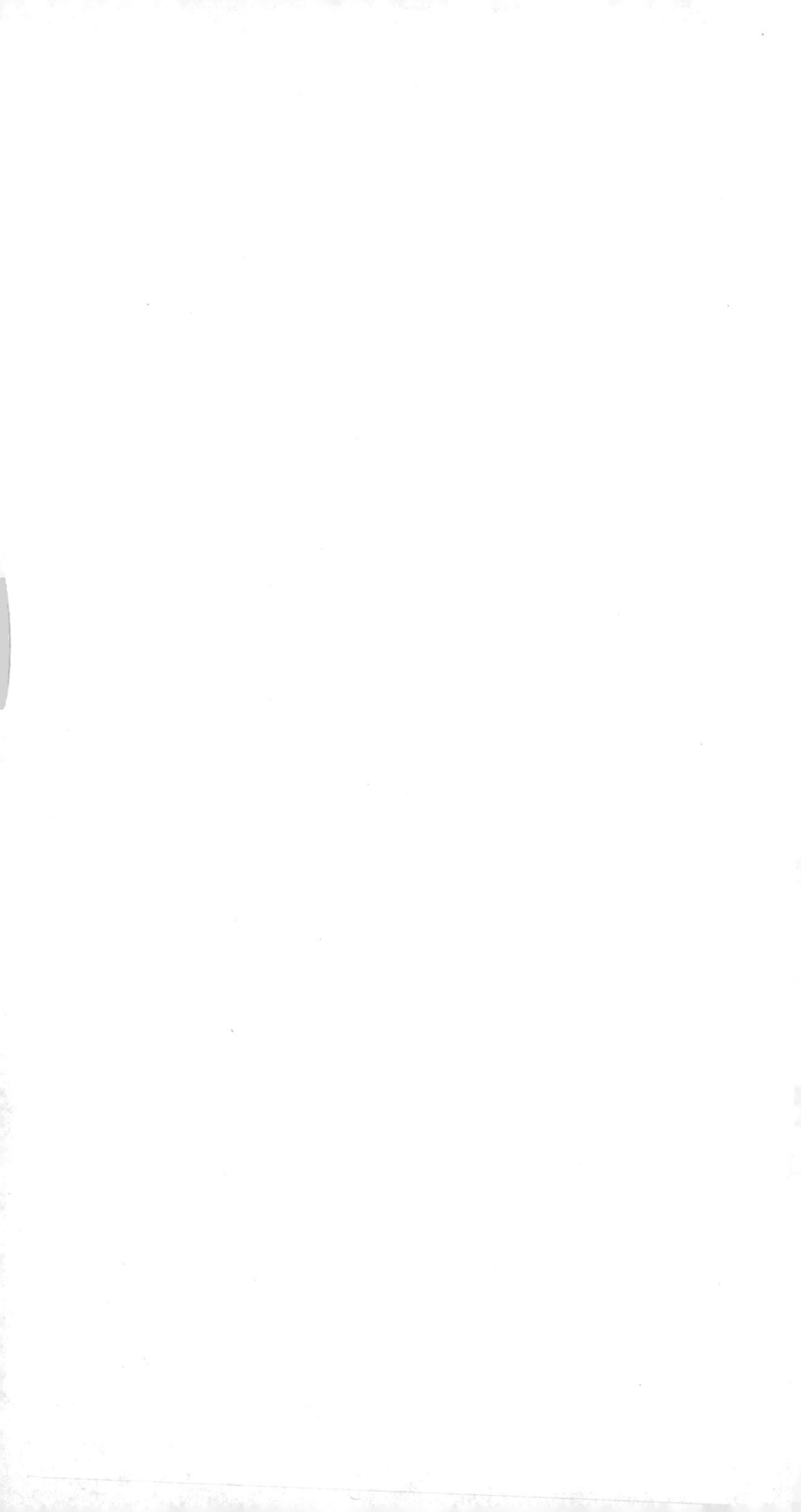

이시환 시집

상 / 선 / 암 / 가 / 는 / 길

自序

　얼마나 오랫동안 인간 세상에 대한 적대감 아닌 적대감을 품고 살아 왔던가. 그의 모순·부조리·욕망·무지 등을 드러내어 비웃기도 하고, 비판하기도 하면서, 스스로 심장의 피를 끓였던 내 삶의 병이 깊어갈수록 나는 그곳으로부터의 탈출을, 아니 초월을 꿈꾸어 왔던 것이 분명하다.

　이런저런 세상사로 마음이 혼란스럽고 무거워질 때마다 나는 명상과 침잠을 거듭하는 이중적인 삶을 살아온 것이다. 다시 말해, 내 한 몸에 생태가 전혀 다른 두 그루의 나무를 키워 오면서 현실 비판적인 시와 그를 초월하려는 듯한 관조(觀照)와 직관(直觀)에서 나오는 선시(禪詩)에 가까운 시들을 써왔던 것이다. 따라서 지금까지 내가 써왔던 시들이란 '그 두 그루의 나무에 매달렸던, 빛깔과 향기와 모양새가 다른, 크고 작은 열매들의 뒤섞임이었다.' 라고 말할 수 있다.

　그러나 여기 〈상선암 가는 길〉에 실리는 80여 편

의 시들은 시집으로 묶여 나오지 않은 열매 가운데 그 품종을 미리 가렸다고나 할까, 비교적 균질(均質)의 것들로만 선별한다고 하였지만 결코 흡족하지는 않다. 아니, 마음이 오히려 불편하다. 인위적인 작위성이 가해지지 않았나 하는 생각에서일 것이다.

　시인은 그저 시로써 말할 뿐이고, 시 한 편 한 편이 시인의 모든 것을, 그러니까 시인의 관심·감성·지성·기질·가치관·사상까지도 다 말해 주리라 믿으며, 독자 여러분이 가지고 있는 마음의 눈으로 읽어 주기를 기대해 마지 않는다.

2004년 9월 3일
정릉 북한산 자락에서
이 나 흰

차 례

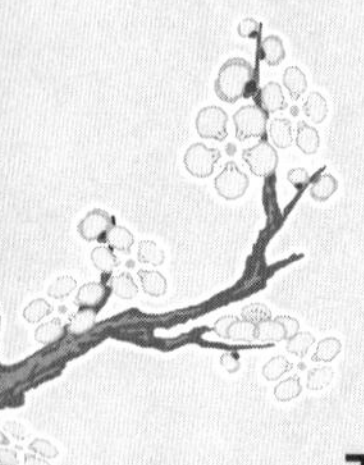

제2부

차 례

제3부

이 시 환 시 집
상/선/암/가/는/길

제4부

차 례

제5부

제5부

제1부

상선암 가는 길

하, 인간세상은 여전히 시끄럽구나.

문득, 이 곳 중선암쯤에 홀로 와 앉으면

이미 말(言)을 버린,

저 크고 작은 바위들이 내 스승이 되네.

-2004. 7. 26. 01:46

벚꽃 지는 날

간밤에 마음과 마음이 통했는가?

아주 가벼웁게 바람의 잔등을 올라타는
저 수수만의 꽃잎들이 추는 군무(群舞)가
마침내 반짝거리는 큰 물결을 이루어 가는 것이,

그 모습 눈이 부셔 끝내 바라볼 수 없고
그 자태 어지러워 끝내 서 있을 수도 없는
나는, 한낱 대지 위에 말뚝이 되어 박힌 채
그대 유혹의 불길에 이끌리어 손을 내어 뻗는 것이,

간밤에 마음과 마음이 통했는가?

아주 가볍게 몸을 버려서 하늘을 나는 꿈을 꾸는,
저 흩날리는 꽃잎들의 어지러운 비상(飛翔)!
그 마음 가운데에서 일어나 소용돌이 치는
법열(法悅)의 불길을 와락 끌어 안는다, 나는.
-2003. 4. 22. 00:5

고강 댁·1

산이 동서로 가로막혀 해조차 늦게 뜨고 일찍 지는,
어느 산비탈 외진 곳에
처자를 버리고 홀로 사는 고강(古矼)
그 댁 앞마당에 4월의 따스한 햇살이 내리는데

그가 있거나 없거나 아랑곳하지 않고
좁은 마당을 가로지르는 디딤돌 가장자리론
키 작은 제비꽃이 어느새 고갤 숙이고
싱그러운 돗나물도 파릇파릇 돋아나는데

그가 있거나 없거나 아랑곳하지 않고
기울어져 가는 대문 밖 늙은 개살구나무에서는
꽃잎과 꽃잎들이 앞 다투어 햇살의 목마를 타고서
대지 위로 소리 없이 내려 앉는데

-2003. 4. 23. 23:18

고강 댁·2

지난 해 여름 폭우 때에
더러는 부러지고 더러는 뿌리채 뽑혀
왕창 휩쓸려 내려온 나뭇가지들을
이른 봄철 내내 이리저리 다니면서 주워다가
굼불을 때는 고강.

바깥 날씨가 청명할수록 더 어둡고 더 차가운,
이른 봄날 아랫목이 따뜻해져 오면
제법 다정다감해진 고적함과 마주앉아 있다가도
어느새 그 소중한 벗조차 까마득히 잊어 버리는 것을.

인적 끊긴 이곳 산비탈에
낮게 엎드린 암자 아닌 암자에 앉아서도
눈을 감으면
분망한 바깥 세상의 불길이 훤하네.

-2003. 5. 4. 13:16

고강 댁·3

밤하늘의 별처럼

불던 바람도 오간 데가 없고,

없던 바람도 다시금 불어오네.

밤하늘의 별처럼

돌틈에서도 작은 꽃송이가 피어나지만,

때가 되면 없었던 듯 자리를 비우네.

-2003. 5. 8. 06:42

화양계곡에서

잠시 잠깐 피었다지는 들꽃 같은,
바람이야 불거나 말거나
사람이야 있거나 없거나
염주알이 구르듯 흘러 내리는
화양계곡의 물소리를 귀담아 보게나.

아무런 의미를 담지 않아서
되려 부족할 것도 속박될 것도 없이
낮이고 밤이고 흘러 내리며
물로서 한 몸이 되고 물길로서 큰 뜻을 이루어가는
화양계곡의 물소리를 귀담아 보게나.

피아노 건반 위를 미끄러지듯 달려가는,
물살의 손과 손의 숨이,
간간이 바람을 일으키며 꽃을 피우며
큰 산 깊은 계곡의 말씀 되어 흘러내리네.
큰 산 깊은 계곡의 생명 되어 흘러내리네.

-2003. 8. 17. 17:25

하루 하루를 살며

일평생 어찌 그리 즐거움만 있겠는가.

어느 날 갑자기 슬프디 슬픈 일도 닥쳐 올 수 있음을

예비해야 하지 않겠는가.

일평생 어찌 그리 괴로움만 있겠는가.

어느 날 갑자기 기쁘기 한량없는 일도 밀물져 올 수

있음을

예비해야 하지 않겠는가.

길든 짧든 한 생을 다 지나고 보면

한 때의 즐거움도 괴로움도 다 헛것이었음을

어찌 되돌릴 수 있으리오.

아무리 붙잡으려 해도 머무르지 않고

아무리 버리려 해도 버려지지 않는 것이

우리네 꿈 같은 인생 그 실상이네 그려.

-2002. 11. 21. 21:51

芙蓉抄

전라북도 전주시 덕진구 덕진공원엘 가면
연꽃이란 놈이 지천으로 널려 있지요.
그 곳 아닌 어디 어디엘 가도 똑같은 놈들이
황홀하게 피어 있어요.
그들을 물끄러미 내려다보는 나에게
그들이 하는 말이,

두 눈을 지긋이 감고
두 눈을 지긋이 감아 버리고서
뛰어 내리라 하네.
뛰어 내리라 하네.

치마를 뒤집어 쓰고
천 길 벼랑으로 떨어지며 춤을 추는
저 붉디 붉은, 작은 복사 꽃잎들처럼
날더러 뛰어 내리라 하네.
뛰어 내리라 하네.

네 깊고 깊은 미소가 피어나는

無心, 無心川으로
뛰어 내리라 하네.
뛰어 내리라 하네.

가을의 오솔길에서

작은 창문이지만 열어 놓고 살며

쌀쌀한 아침저녁 바람이 부는 것을 체감하며

이 가을에 숨을 쉬고 있다는 게

얼마나 큰 기쁨이더냐?

땅에 바싹 엎드려 지붕이 낮은 집이지만

두 다릴 쭉 뻗고

조용히 잠을 청할 수 있다는 게

얼마나 큰 행복이더냐?

이 한 잔의 맑은 물을 마시지만

더이상 바랄 것도 없는

이 몸의 투명함과 가벼움이,

얼마나 큰 축복이더냐?

일백 년을 산다해도

일백 억 년을 산다해도

시작이 있으면 끝이 있고

끝이 있으면 시작이 있듯이

잠시 잠깐임엔 마찬가지.

길고 짧음을 잊고 사는 것이,

얼마나 농익은 맛, 그윽한 향이더냐?

-2002. 10. 8. 23:42

물

마실 한 모금의 물 앞에서조차
우리는 깊이깊이 생각해야 하네.
넘치는 물이라 해서 모두가
우리의 갈증을 풀어 주지 않으니 말일세.

마실 한 모금의 물 앞에서조차
우리는 간절히 기도해야 하네.
흐르던 물조차 마르고 마르면
옥토가 사막이 되니 말일세.

마실 한 모금의 물 앞에서조차
우리는 진실로 감사해야 하네.
한 방울의 물이 곧 너와 나의
생명이란 꽃을 피우는 불길이니 말일세.

깨끗한 한 방울의 물 속에
해맑은 물 한 방울 속에
크고 작은 만물의 숨이 깃들어 있고
그것으로 정녕 단단한 말씀이네.

용정(龍井)차를 마시며

너와 가까이 마주 앉노라면

창밖에 함박눈이 펑펑 쏟아져 내려도

세상 시끄러운 줄 모르고,

너와 단 둘이 마주 앉노라면

높은 파도가 내 안에서 일어도

물에 젖은 내가 있는지조차 모르네.

부드러움의 그 깊이를 탐하는 나와

그런 나를 녹여주는 네가 있을 뿐…….

-2004. 01. 18. 14:55

有無同體

내 숨을 쉬고 있는 것만으로도
집착이요, 욕심이요, 욕망의 덩어리라.

내 몸이 알게 모르게 사라져가는 것도
집착이요, 욕심이요, 욕망의 덩어리라.

우주가 그러하듯 나의 존재는
이미 美醜를 떠난 욕망의 역사일 뿐.
-2003. 9. 20. 20:02

바람 속에 누워

바람 속으로 알몸을 눕혀 보게나.
네 알몸의 능선을 핥고 지나가는
그 놈의 혀끝이 감지되면서
무거운 몸뚱이조차 티끌처럼 가벼워지나니.

영영 바람 속으로 누워 버려
그 놈의 정령과 입 맞추어 보게나.
누추한 몸뚱이조차 바람이 되어
백 년이고 천 년이고 흘러가나니.

붙잡아 두려하면 사라져 버리고
풀어 놓으면 다가오는 바람이여,
하늘과 땅 사이 만물이 다
네 품에서 비롯되고
네 품에서 끝이 나는 것을.

나의 進化

양 어깨 위를 짓누르는
무거운 짐들을 다 내려 놓고,

하늘을 바라보며 누워 있는
몸뚱이조차 벗어 놓아라.

그리하여 우주를 떠도는 먼지처럼 가벼워진
그런 너마저 놓아 버려라.

그리하여 모든 것과의 緣이 끊어져
공간도 없고 시간도 끊긴

세계의 소용돌이가 되어라.
아니, 있고 없음에서 영원히 벗어나라.

-2003. 9. 20. 00:49

내가 일평생 시를 짓는다 해도
그것들은 살아있는 한 그루 나무만 못하다.

-이시환의 아포리즘aphorism·1

제2부

화엄사 계곡에 머물며·1

오늘은 이쯤에서 쉬어가세나.

몸은 늘 무거운 짐 보따리 같은 것.

밤새 노곤노곤한 몸을 뒤척이며

빗물에 떠내려가는 줄 알았더니

아침에 일어나보니

계곡에 흐르는 물소리였네.

-2003. 4. 1. 20:04

화엄사 계곡에 머물며·2

이 몸이야 한 덩어리의 진흙.

그도 결국 바람이 불면

가볍게 날아가 흩어져 버릴 한 줌의 먼지인 것을.

그 자리에 남아 있는 것이 있다면

아무것도 없다는 사실 하나가 반짝거릴 뿐.

해맑은 아침햇살이

숨 쉬는 것들의 뽀얀 얼굴을 어루만지네.

-2003. 4. 1. 20:12

화엄사 계곡에 머물며·3

바닥에 깔린 바위 모래 나뭇잎 조각들까지
있는 그대로 그 속을 다 드러내 보이는 것이,

바닥에 고인 하늘 햇살 바람까지
있는 그대로 그 속을 다 드러내 보이는 것이,

이리도 맑을 수가 있구나.
이리도 깊을 수가 있구나.

빈 그릇 같은 이 마음도 저와 같아
머물러 있는 듯
끊임없이 제 몸을 떠밀고 내려가
울퉁불퉁 돌들을 넘고 바위틈을 빠져나가며

마침내 눈이 부시게
두런두런 길을 여는 물굽이처럼
이 생(生)에 이 몸을 다 풀어 놓을 수 있을까.

-2003. 4. 1. 20:32

화엄사 계곡에 머물며·4

'산은 산이요 물은 물이다.' 라고
말할 수 있을 때가 좋은 시공(時空)이네.
산도 산이 아니고 물도 물이 아닌
세계가 있으니 말일세.
-2003. 4. 1. 22:25

여래에게·1

물이 맑으면

물 속이 다 드러나 보이는데

사람의 마음이 저리 맑으면

마음 속의 무엇이 다 드러나 보이는고?

-2003. 4. 3. 02:02

여래에게·2

그 마음으로부터
하늘과 지옥이 나오고,
한없이 깊을 수도 있고 얕을 수도 있는,
한없이 무거울 수도 있고 가벼울 수도 있는,
그 마음 안에 모든 것이 있나니
마음의 임자가 되라 하셨나요?
이 몸의 주인은 이 마음이라 하지만
이 마음의 임자는 마음 가운데 마음인가요?

-2003. 4. 3. 08:35

여래에게·3

그대 말마따나

땅위를 흐르는 여러 갈래의 물이 쉬지 않으면

마침내 바다에 들어가듯

한 걸음 한 걸음 참아내며

험준한 산길조차 오르다보면

어느새 산정(山頂)이 발 아래에 있네.

그렇게 바다에 이름이

넓고 좁음의 차이이듯

그렇게 산정에 올라서도

높고 낮음에서 벗어나지 못하는 것을.

-2003. 4. 7. 11:27

여래에게·4

그대 말마따나

이 몸은 더럽고 냄새나며,

피가 담겨 있어 결국은 썩어 없어질 것이지만

썩지 못하는 것들의 저 끔찍함을 보시게.

-2003. 4. 7. 11:45

여래에게·5

43

강물에 떠내려가는 통나무처럼 살라고요?
눈과 귀가 있어도 없는 듯이 바다에 이르는
통나무처럼 살라고요?

그물에 걸리지 않는 바람처럼 살라고요?
눈과 귀가 없어도 있는 듯이 허공에 이르는
바람처럼 살라고요?

-2003. 4. 14. 22:40

여래에게·6

물소의 뿔처럼 혼자서 가라.

스스로를 버려서 스스로 가볍게 머무르는

물소의 뿔처럼 혼자서 가라.

끝내는 홀로 가는 것이거늘…….

물소의 뿔처럼 혼자서 가라.

스스로를 버려서 덤덤히 가는

물소의 뿔처럼 혼자서 가라.

끝내는 그 홀로조차도 없는 것이거늘…….

-2003. 4. 13. 23:45

여래에게·7

진흙 속에 뿌리를 내렸어도

진흙을 뒤집어쓰고 나오는

연화(連花)의 얼굴을 나 역시 보지는 못했소.

-2003. 3. 15. 01:12

여래에게 · 8

이 세상 모든 일이 덧없으니
그것은 나고 죽는 법이라?

나고 죽음이 다 끊어진 뒤
열반 그것이 곧 진정한 즐거움이라?

그대도 한낱 꿈을 꾸었구려.
그대도 한낱 꿈을 꾸었구려.

이 세상 모든 일이 덧없다 하나
그 덧없음 속에서 온갖 꽃들이 피어나고

지는 일조차 새 씨앗을 잉태하는
자궁의 긴 침묵일 뿐

그 덧없음 속에 머물지 아니한 것이 없네.
그 덧없음 속에 머물지 아니한 것이 없네.

-2003. 4. 18. 03:53

여래에게·9

태어나고, 늙고, 병들고, 죽을 수밖에 없는 것이
곧 고통의 바다라 하지만
그 바다 속에 머무르지 않는 것이 없고
그 머무름 안에서도
온갖 환희와 아름다움이 꽃피네.

그대는 그런 고통의 바다를
훌쩍 건너뛰는 법을 가르쳐 주었고,
그대는 그런 고통의 바다가
아예 없는 곳을 꿈꾸었지만
그 또한 부질없는 욕심일 뿐이네.

태어나고, 늙고, 병들고, 죽을 수밖에 없는 것은
고통의 바다로서가 아니라
모든 생명의 존재원리로서
눈부신 한 송이 커다란 꽃일 따름이네.

-2003. 4. 23. 22:48

여래에게·10

그동안 내가 부린,

불필요한 욕심은 얼마나 되며,

다스리지 못한 화는 얼마나 되는가?

그동안 떨쳐내지 못한

내 어리석음은 또 얼마나 되더냐?

항하(恒河)의 모래밭을 홀로 거니는 내게

그가 묻네.

-2004. 5. 22. 23:17

여래에게·11
-마음

일만 가지 선의 주인이요,

일만 가지 악의 주인이라 하셨나요?

온갖 '생각'이란 파도를 일으키는,

일파만파의 주인인 바다의 욕망인 것을.

이 울긋불긋한 세상의

기쁨이야 슬픔이야,

한없이 깊을 수도 있고 얕을 수도 있는,

한없이 품을 수도 있고 뱉어낼 수도 있는

너의 꽃이로다 향기로다.

-2004. 5. 23. 15:38

여래에게·12
-시스템

나는 자유로우나
알고보면 완벽하게 구속되어 있네.

나는 구속되어 있으나
그 안에서 한없이 자유롭네.

네 생명의 빛깔도, 네 죽음의 향기도
나를 구속하고 있는 당신의 꽃이네.
-2004. 5. 23. 17:04

여래에게·13

바람 한 점 없어도

꽃잎은 지고

지지 않는 꽃잎 없어도

꽃잎에 입 맞추네.

-2004. 5. 23. 23:44

여래에게·14
-법도 아니고 법 아닌 것도 아니고

몸이라는

욕망의 집 안방에 머물며

그곳으로부터 온전히 벗어나려는

마음을 이 세상에 내놓으셨네.

무거운 이 몸을 가지고는

거추장스런 이 마음 가지고는

다다를 수 없고 들어갈 수도 없는,

나고 없어짐[生滅]조차 없는 그곳에 이르기 위해

나룻배 노를 저어 물길을 건너고

언덕을 넘고 산과 산을 넘어

끝도 없이 걸어 들어가셨네.

마침내,

당신이 타고온 나룻배도

당신이 걸어온 길과 길도 다 놓아 버리고

당신이 머물고 있는 사실조차 놓아 버려

당신은 비로소 몸을 벗고 마음조차 벗은

초월자 되셨네.

존재하지도 않고

존재하지 않은 것도 아닌,

그런 길[道]이 되셨네.

그런 법(法)이 되셨네.

-2004. 5. 25. 12:43

제3부

白羊寺에 다녀온 뒤로는

나를 낳아 애지중지 길러 준,
이제는 다 늙어 버린
어머니 아버지 얼굴을 뵙기도 민망스럽기 짝이 없네.

나와 한 지붕 밑에 살며
늘 궁색하게 먹고 사는 아내나 자식 얼굴 대하기도
민망스럽기는 마찬가지네.

다들 호의호식하기 위해,
그저 돈 버는 일에
그저 명예와 권력을 쥐는 일에
평생을 바쳐 사는데,
그렇듯 세상 사람들은
한결같이 동으로 동으로 몰려들 가는데
나는 서쪽으로 서쪽으로 거스르니 말일세.

그런 나를 불쌍히 여겨
가까운 벗들이, 이웃들이
"대체, 시가 무엇이길래 그리 외롭고,

그리 힘들게 사느냐?"고 물어 올 때마다
딱히 할 말이 없어
그 또한 심히 민망스러웠는데…….

시월 어느 날,
전라남도 장성군 북하면 백암산 자락에 있는
백양사에 다녀온 뒤로는
문득 할 말이 생겼네.

어떤 이는,
백암산의 지형지세가 흰 양이 귀를 오그리고 서 있는
형상과 같다하여 '백양사'라 이름 지었다고 말하는데
그이처럼 눈에 보이는 것만을 믿고 사는 이들이 바로
동으로 동으로 몰려가는 이웃들이라면

또 어떤 이는,
어느 고승의 신통한 설법을 듣고자
하늘에선가, 산 위에선가 흰 양들이 내려 왔기에
'백양사'라 이름 붙였다고 말하는데

그이처럼 말도 되지 않는 말을 하는,

꿈을 꾸는 이가 바로

서쪽으로 서쪽으로 거슬러 가는 이라고.

그야말로 궁여지책으로 변명을 다 늘어놓네,

시월 어느 날 백양사에 다녀온 뒤로는.

하늘을 걸어서 오는 이

오늘은 하루종일 하늘만 바라보았다.

그 어디쯤일까. 첨벙첨벙 하늘을 걸어서 오는 이가 보였다.

점점 가까이 다가오는 그는, 누더기를 걸쳤고, 맨발이었으며,

내 잠시 한눈파는 사이 흰구름 의자에 앉아 있었다.

그곳에서 나를 내려다보는 그의 눈은 한없이 맑고 푸르렀으며,

그의 몸은 없는 듯 가벼워 보였다.

휘둥그래진 눈으로 내가 그에게 손을 내밀자 돌연 빛으로 휩싸여 버린

그를 더 이상 눈이 부셔 바라볼 수가 없었다.

두 눈을 비비며 다시 바라보았을 때는 이미 그가 모습을 감춰 버린 뒤

텅 빈 하늘만 더없이 깊었다.

오늘은 하루종일 하늘만 바라보았다.

폭설을 꿈꾸며

어쨌든, 밤 사이
눈이 많이많이 왔으면 좋겠다.
어쨌든, 내일 아침엔
세상이 온통 하얀 눈으로 덮여 있었으면 좋겠다.

그리하여, 움직이는 사람도, 자동차도,
나는 새조차 없었으면 좋겠다.
그리하여, 지구촌의 62억 인류가 착한 마음으로 살고 있는지
저마다 생각해 보는 시간을 가졌으면 좋겠다.

어쨌든, 하얀 세상을 바라보며,
인간의 오만함도 비추어 보았으면 좋겠다.
그리하여, 하얀 눈처럼 깨끗해지고,
그 깨끗함으로 세상이 온통 뒤덮였으면 좋겠다.

삼불 씨의 안부를 물으며

내가 보기엔

영락없이 초서(草書)의 견습생 같은 서예가 삼불(三
弗) 씨를 두고

그를 아는 사람들은 초서의 달인이라 부르는지 어쩌는
지…….

그가 소주를 마시면서 늘 하는 말이,

술을 마셔야만이 건강해지고

우리나라 대통령께서는 꼭 독재를 해야 하는데

사람이 태어나면 누구나 두 번 정도는

반드시 결혼하게 해야 한다는 것이다.

그가 벌써 이 말을 대여섯 번은 한 것 같은데

이 말이 끝나자마자 술잔을 들고 있는

그의 오른손이 안타깝게 떨리고 있다.

그러나 그는 여전히 술을 마셔야 건강해지는 법이고,

결혼은 두 번 정도는 해야 사는 맛이 난다고

설법을 하듯 진지한 표정도 짓는다.

그런 그가 나와 서울에서 헤어지면 기차를 타고

제 둥지가 걸려 있는 천안 삼거리쯤으로 가곤 하는데

그는 한 번도 제 때 천안역에 내리질 못한다.

그가 눈을 뜨면 기차는 이미 종점인

목포나 여수, 아니면 부산에 도착해 있기 때문이다.

그가 그렇게 눈을 뜨면 세상을 두리번거리다가

희미한 세상이 보이기 시작하면 그리로 붓을 든다.

그 붓 끝으로 먹물을 찍어 기껏

제 가슴 속에 살고 있는 노오란 새의 외로운,

까만 눈이나 그리고,

잠 자는 文字를 흔들어 깨워

그 혼의 깃털이나 그려내어

오늘도 밥을 먹고 사니

소주는 역시 그에게 만복의 근원이다.

어머니·1

"애야, 고속도로가 많이 막힌다구나.
고생하지 말고 나중에 한가할 때 왔다 가려므나."

어느 해 설날 연휴가 시작되던 날
아침 일찍 전화를 걸어 하시던 말씀이다.

그리 스스로 말씀하시고도
그리 두 번 세 번 신신당부해 놓고도

혹시나 하고서 대문 밖 추운 길거리에 서서
북쪽으로 난 길을 오래오래 바라보시는 어머니.
-2002. 12. 15. 18:42

지리산에서 문득 밤하늘의 별들을 바라보며

아니, 저것들을, 저것들을 좀 보아.

두어 섬의 쌀가마를 머리 위로 쏟아 붓듯

내게로 네게로 다 쏟아져 버릴 것 같은 것이,

이 산기슭 저 강변에서 쓸고 간

크고 작은 풀꽃들의 어젯밤 정령이런가.

아니, 저 소리 이 숨소릴 좀 들어보오.

밤 새워 흐르던 이 강물 저 바람결에

조약돌처럼 모래알처럼 다 쓸려 나가는 것이,

이 강변 저 산기슭에 어젯밤의 혼백만 남아

아롱아롱 다시 들꽃을 피우련가.

2002. 10. 6. 06:38

할아버지에 대한 기억

나는 할아버지를 한 번도 보지 못해

그의 모습을 떠올릴 수가 없다.

물론, 그 할아버지의 아버지는 말할 것도 없다.

들리는 말에 의하면, 할아버지는

일평생 농투사니로 살다가 돌아가셨고,

그의 주검은 마을 뒷산 기슭에 묻혔다 한다.

그로부터 반 세기 가까운 세월이 흘렀을까 말까.

아버지는 이곳저곳에 흩어져 있는

조상의 주검을 한 곳으로 이장하기 위해

할아버지의 무덤을 팠다.

물론, 나도 삽질하는 인부들 곁에서

파헤쳐지는 무덤 속을 지켜 보았다.

그러나 그의 무덤 속에는 아무 것도 없었다.

부슬부슬해진, 혹은 나무의 실뿌리가 꽉 차도록 파고 든

뼈 한 조각도, 머리카락 한 올도 없었다.

다만, 검게 변한 흙이

할아버지가 누웠던 자리임을 말해준다.

인부들은 그 흙을 삽으로 얇게 떠내어

준비된 한지 위로
위 아래를 가려 펼쳐 놓는다.
마침내 할아버지가 녹아든 그 흙은
새로이 판 무덤 속 석관 안으로 조심스레 옮겨져
두 할머니와 함께 나란히 눕게 되었다.
별이 돋는 동남쪽의 하늘을 바라보며.
2004. 5. 10. 13:27

내 가슴 속의 산

무심한 하늘을 바라보다가 바라보다가
멀리 땅을 굽어보다가 굽어보다가
문득 문득 줄달음쳐 가는 곳이 있네.

시를 쓰다가 되려
마음 혼란스러워질 때,
사람 사이 믿음이 깨어지고
세상사 더욱 어지러워질 때,
내 허파가 썩어들어가는 것을 보며
더 이상 견딜 수 없을 때,
문득 문득 줄달음쳐 가는 곳이 있네.

그런 나를 안아 주며
그런 너를 품어 주며
늘 그 자리 그 빛깔로 서 있는
우람한 당신이 내 안에 있네.

무심한 하늘을 바라보다가 바라보다가
멀리 땅을 굽어보다가 굽어보다가

문득 문득 줄달음쳐 가는 산 중의 산

세상 침묵을 품어 안고 사는

네가 내 안에 있네.

동해와 서해

누구 누구는 휘파람을 불며

푸르고 푸른 동해로 간다지만

나는 나는 서해의 저녁으로 가네.

시름을 배고 누워 있는 그대와 눈을 마주치기라도 하

면

어딘선가 서글픔이 밀려오지만

말없는 그대 우수 속엔

내 생명의 탯줄이 숨어 있네.

누구 누구는 콧노래를 부르며

살포시 다가와 곁에 앉는 서해로 간다지만

나는 나는 동해의 아침으로 가네.

긴 다리로 서 있는 그대와 마주서노라면

그대 젊음이 나를 주눅들게 하지만

오만한 그대 기백 속엔

젊음이란 싱그러움이 넘치고 넘치네.

누구는 동해로,

누구 누구는 서해로들 간다지만

나는 나는 동해도 서해도 아닌

누워 있는 바다의 우수(憂愁)가 아니면

서 있는 바다의 젊음에게로 가네.

서 있는 바다의 아침이 아니면

누워 있는 바다의 저녁에게로 가네.

고백

내 머리 위의 하늘이시여,

내 두 다리 밑의 땅이시여,

당신의 한량없는 깊이를 온전히 헤아릴 수는 없지만

가장 깊은 곳으로부터

당신의 사랑이 머물고 계심을

믿어 의심하지 않나이다.

오늘 화성에 널려있는

붉은 돌들을 오랫동안 바라보면서

문득 감사를 드리지 않을 수 없음을

고백하나이다.

인간이란 종(種)에 의해

이미 점령당한 이 지구상에는

아직도

눈비가 내리고,

바람이 불고,

햇살이 내리고,

어김없이 사계절이 부려지는 가운데

살아 숨쉬는 온갖 것들의

뜨거운 역사가 진행중임을

삼가 아뢰나이다.

그 가운데 내가 비록 일백 년을 산다해도

그것은 나의 역사가 아니라

당신의 역사임을 받아들이며,

설령, 그것이 나의 역사, 인류의 역사,

지구의 그것일지라도

당신의 품안에서 이루어지는

당신의 허락이요, 은총임을

고백하나이다.

-2004. 03. 09. 23:12

고로쇠나무에게

매서운 겨울 산비탈에 뿌리를 박고
내내 움츠려 있는 네 두 손이야
봄햇살이 맞잡고 일으켜 세워야 바로 서는
너는 너는 참 좋겠다.

얼어붙은 대지의 차가운 물을 뽑아 올리고
이를 뜨거운 생명수로 바꾸시어
마침내 가지를 뻗고 새 잎을 매달아 놓는
너는 너는 참 좋겠다.

그런 네 몸속을 뜨겁게 달구어 놓는
네 숨결 네 정령이
병든 인간 무리에게 생명수가 되어 주고

그런 네 옆구리에
드릴로 구멍을 내고 호스를 박아 두는
탐욕스런 인간 무리를 기꺼이 허락하는

너는 너는 차라리 좋겠다.

필요한 이에게 네 숨결 네 정령 내어 주고

필요한 이에게 네 몸마저 다 내어 주므로

더이상 내어 줄 것도 아니 내어 줄 것도 없는

너는 너는 차라리 좋겠다.

-2004. 3. 29. 01:54

가을 한라산의 雪國

세상을 살면서 본의 아니게

마음이 각박해진 사람들은 한라산에 올라보라.

좁은 등산로를 따라

오르는 이와 내려오는 이들이 마주칠 때마다

"반갑습니다."

"수고하십니다."

절로 절로 인사를 나누는 것이,

네 아름다움이 사람들의 마음에 어느새 녹아든 탓일

까?

네 너그러움이 사람들의 마음을 하나로 만든 탓일까?

세상을 살면서 본의 아니게

마음이 각박해진 사람들은 한라산에 올라보라.

산 밑에 사는 사람들조차 모르게

이 가을에 완벽한 설국(雪國)을 부려 놓을 줄을

또 누가 아는가.

단양 8경을 둘러보고

세상 사람들이야 구구절절 사연을 지닌

네 생김 생김새를 두고 말하지만

네 아름다움 네 진실은 그것에 있지 아니하네.

오며가며 눈길을 주어보아도,

네가 좋아 네 곁에 눌러 앉아 산다 하여도

쉬이 마음을 열어 보이지 않는

네 깊은 뜻을 이제야 알 것 같네.

내가 나를 바로 보려면 나를 진정 떠나야 하듯

물에게 길을 다 내어 주고도

그와 더불어 영원한 주인 됨에 있음을.

-2004. 7. 26. 09:46

두향의 무덤 앞에서

내 흠모하는 이와

떨어져 살 수는 있어도

그가 없는 세상일랑 상상조차 할 수 없어라.

이미 나의 전부가 되어 버린

그가 먼저 이 세상을 하직했다 하니

내 생에 무슨 의미가 남아 있겠는가?

하여, 한 때나마

함께 노닐던 곳에 주검이나 묻어달라며

스스로 목숨을 끊어 버린 두향!

님 향한 네 붉은 마음 꽃비가 되어

세상 사내들의 가슴을 적시고

오늘 나를 한없이 부끄럽게 하네.

-2004. 8. 13. 18:32

정령

잠깐 사이에

이 몸도 다 늙고 늙어서

더이상 견딜 수 없고, 지탱할 수 없는 순간엔

훌훌 다 털어 버리고, 다 벗어 버리고서

하나의 중성자 별*처럼 다시 태어나

새로운 꿈을 가질 수 있다면,

새로운 시작을 할 수 있다면

이 하늘 이 땅에

사랑의 펄서pulsar나 실컷 쏟아 놓겠네.

---

* 중성자 별과 펄서 : 천문학에서는, 우주에 떠있는 별(항성)들의 수명을 100억 년이라 하는데, 수명을 다한 별은 폭발하여 그 지름이 20킬로미터 정도 되는 고밀도 천체(1세제곱센티미터당 무게가 1000만톤이 되는)가 되는데 이를 중성자 별이라 한다. 그리고 이 중성자 별이 초고속으로 회전하면서 방출하는 전자기파를 펄서pulsar라 한다. 그러니까, 펄서를 방출하는 지름 20킬로미터의 작은 고밀도 천체가 바로 우주의 자궁에서 막 태어나는 아기별인 셈이다.

제4부

고인돌·1

돌은 돌이로되 예삿돌이 아니네.
낮은 산비탈에 무뚝뚝한 표정으로 돌아앉은
너와 우연히 눈길 마주치노라면
수 천 년의 풍상을 견디어 온 너만의
숨결이, 사연이 푸르게 푸르게 일렁여오네.

돌은 돌이로되 예삿돌이 아니네.
논두렁 밭두렁 언덕배기에 엉거주춤
서 있는 네게 다가가
살짝 어깨 위로 손을 얹노라면
그대 욕망과 그대 뛰는 심장의 뜨거움이
네 우직함과 네 투박함으로 전이 되어 오네.

돌은 돌이로되 예삿돌이 아니네.
크든 작든, 길쭉하든 넓적하든,
깬돌이든 간돌이든, 박힌 돌이든 누운 돌이든,
덮개돌이든 고인돌이든, 깐돌 하나 하나에도
그대 간절한 바람(願)이 깃들어 있고
그대 투명한 영육의 즙(汁)이 깃들어 있네.

고인돌·2

어딘선가 굴러온,
생긴 그대로의 사투리 같은 투박함으로

천 년의 세월이 흐르고 흘러도
깨어지지 않고 부서지지 않을 단단함으로

죽은 자의 권위와
산 자의 힘을 과시하는 단순함으로

모여 사람 살던 곳에 세워진
믿음 하나.

얼핏, 지나치면 모를까
귀를 주고 눈길 주면

비로소 말문을 여는
먼 옛날 옛적의 소박한 우리네.

그저 깬돌이거나 간돌에 지나지 않건만

그저 그것으로 세우고, 괴고, 깔고, 덮어서

수 천 년 전 이 땅에
모여 사람 살던 이야기 보따릴 숨기고 있네.

얼핏, 지나치면 모를까
마음 주고 체온 나누면

멎은 피가다 도는
먼 옛날 옛적의 우리네 믿음 하나.

고인돌·3

수 천 년 전의 바람이 깃들어 있고
수 천 년 전의 구름이 깃들어 있는,

수 천 년 전의 어둠이 고여 있고
수 천 년 전의 햇살이 고여 있는,

수 천 년 전 사람과 사람의,
힘과 믿음과 소망이 숨쉬고 있는,

가장 무겁고, 가장 단단한 침묵의 말씀이여,
그 말씀의 하늘이시여, 땅이시여,

진정한 사랑이란 나를 포기하는 것으로부터 시작하고
나를 버리는 것으로써 완성된다.

-이시환의 아포리즘aphorism·2

고인돌·4

단단함으로

무거움으로

불변함으로

그런 단순함으로

온전한 상징이요 언어가 되는

돌 가운데 돌.

그런 너를 통해서 작은 인간들은

이웃에 힘을 과시하고

천하에 권위를 드러내고 싶고

안전을 보호받고 싶고

그런 소망을 이루고도 싶었으리라.

그리하여

죽은 자의 집도 되고

산 자의 안녕을 지켜주는 신이 되어

다시 태어나는 너는,

단단함으로

무거움으로

불변함으로

그런 단순함으로

온전한 존재요 생명이 되는

돌 가운데 돌이라.

새해 아침에
-고인돌의 傳言

애초부터

은둔의 나라가 아니었네.

도적의 눈길이 미치지 못했음도 아니고

다만, 우리 스스로가

도적이나

장물(臟物)이 되지 아니했을 뿐이네.

더이상

문명의 사각지대도 아니네.

비록 대륙으로부터 문화 문명이 들어왔다 하나

우리는 늘 스스로 생각하고,

스스로 만들고, 스스로 쌓아 왔을 뿐이네,

다소 더디고, 다소 빠를지언정.

세계가 한눈에 보이고,

더불어 살아야 하는 오늘은 아니야.

모름지기 이제부터는

지구촌의 모든 빛이 여기로부터 뻗어나갈 것이고

지구촌의 모든 문명의 소용돌이가

여기로부터 있을지어다.

그리하여

좁은 한반도가 세계의 중심이 되고,

끈기의 한민족이 인류의 중심이 되어

두루두루 인간을 이롭게 할지니

단군의 후손들이여,

넘치는 지혜의 샘물을 쏟아내고,

정열의 장작더미에 불길 지피고,

반도땅에 흐르는 피를 더욱 뜨겁게 하라.

제5부

어디를 가나

그것의 빛깔과 향기와 모양새가 다를 뿐
동서남북 지구촌 어디를 가도
사람 사는 곳마다 이런 저런
사연이 있네.

그것의 빛깔과 향기와 모양새가 다를 뿐
동서남북 지구촌 어디를 가도
생명이 숨쉬는 곳마다 이런 저런
아름다움이 있네.

그저 태어나 죽고 사는 일이건만
그것으로 전부이고
그것으로 결백한
한 하늘 한 땅의
역사가 있을 뿐이네.

나의 사랑하는 사람에게

나의 사랑하는 사람이여,

세상 사람들이 '남미'라 부르는,

저 침묵의 땅을 맨발로 걸어 보았는가?

험준한 안데스 산맥을 넘고 넘어

아마존 강의 넘치는 흙빛 물살에

몸을 실어 보았는가?

끝없는 밀림 속을 헤치고 걸어나와

다시 끝없는 대 평원을

마음껏 달려나 보았는가?

스페인, 포르투칼 사람들에 의해 유린된

원주민들의 황토 같은 가슴속에서 자라고 있는

침묵의 절규를 또한 들어보았는가?

저들에 의해

대자연의 눈동자 같은 보석들이 파헤쳐지고,

저들에 의해

순박한 그곳 사람들의 영육이 뒤틀리고 쥐어짜지어
그것으로 기름지게 먹고 마시고 살이 찌는
남미의 끝,

빙산 무너지는 소리를 간간이 들어보았는가?

침략자들의 총칼과 성경이란
얼룩 같은 모순의 역사가
대륙을 떠도는 원혼들의 슬픔조차 덮어 버리네.

나의 사랑하는 사람이여,
세상 사람들이 '남미'라 부르는,
저 눈물조차 말라비틀어진
인디오들의 거친 가슴을
맨발로 걸어 보았는가?

남미의 요정

확연히 모습을 드러내지 않는,

그러나 어린 나에겐 분명 요정임에 틀림없는,

백옥 같은 얼굴에 붉은 입술을 지닌,

키도 크지만 윤기마저 흐르는

머리칼을 길게 늘어뜨린 채

밝은 미소에 눈동자 또한 해맑은

남미의 여인이

나를 낚아채 간다.

그녀의 가느다란 손길에

내 몸에 걸친 옷가지들은 하나 둘 벗겨져 날아가고,

나는 결국 그녀의 손끝에서 풀어져 나오는

마력에 이끌리어

얼음 속의 미이라처럼 굳어진 채

그녀 앞에 누워 있네.

나는 누추하기 짝이 없는

내 알몸을 의식하면서 부끄러움을 느끼지만

그 순간 그녀는 온 데 간 데도 없이 사라져 버리고,

나의 알몸을 휘감고 도는

뿌우연 안개만이 무럭무럭 피어오르고 있네.

하지만 나는 내 몸을 일으켜 세울 수가 없고,

내 의지대로 손발가락 하나도 움직일 수가 없네.

그저 아주 느린 속도로

겨우 눈동자만을 굴리어

내 몸을 휘감고 있는, 아주 미세한,

아주 길고도 부드러운 털실 같은 안개가

깊은 바닷속 수초처럼 출렁거림을 바라볼 뿐이네.

그렇게 나는 어디론가 침잠해 들어갔고,

하루 이틀 사흘…… 열나흘이 지나고

며칠이 더 지났어도

내 몸을 휘감고 도는

그 안개의 손끝 마력으로부터 자유로울 수가 없네.

나는 지금도 몸을 일으켜 세우려 안간힘을 써 보지만

남미의 요정은

끝내 나를 풀어주지 않네.

대성당

브라질의 상업도시 상파울루에 가도,
남미의 유럽이라 불리는
아르헨티나의 수도 부에노스아이레스에 가도,
페루의 수도인 리마나
옛 잉카제국의 수도였던 쿠스코에 가도
대성당이 낯선 이방인을 먼저 맞는다.

한결같이 웅장하고 화려한,
신에 대한
인간의 간절함과 경외감이 조각되어 있는 듯한
대성당이 여기저기에서 오만하게 버티고 있네.

어쩌면,
인디오들을 돼지 소 잡듯이 살육했고,
수많은 흑인들의 노동력을 착취하여
한 때 부귀영화를 누린 그들이기에
회개할 것이 그리 많았음일까?
어쩌면,
단순한 힘의 역사요

도적의 역사일 뿐인 인류사를 정당화 할

묘약이라도 필요했음일까?

어쩌면,

우리들 몸속에 지닌 멸망의 씨앗을,

끝이 없는 욕망과 상대적 우월성으로 존재하는

인간의 부정할 수 없는 숙명을

그렇게라도 위장할 수밖에 없었음일까?

눈물조차 말라 버린 땅, 남미에 가면

인디오들의 신전도 제단도 아닌,

침략자들의 대성당이 길손을 먼저 맞는다.

아마존의 열대우림지대

뜨거운 열과 강한 볕을 부채살처럼 뿜어내는
태양의 커다란 손이 머리 위로 내려오는 곳.
그 후끈후끈한 열기는,
죽어있는 것들에겐 생명의 혼을 불어 넣고
살아있는 것들에겐 목과 뿌리를 흥건하게 적셔 줄
검은 소나기를 시시때때로 부른다.
강열한 빛과 열, 그리고 넉넉한 물은
엽록소의 공장을 분주하게 가동시키고…….
하여, 드넓은 대지에선 온갖 초목들을 키워내고
하여, 서로 얽히고 섥이어 하나의 거대한 집을 이루는
아마존의 하늘과 땅이여,
그 초록빛 거대한 땅과 하늘에서는
온갖 나는 것과 기는 것과
걷고 뛰는 것들을 키워내듯
그렇게 해가 뜨고,
그렇게 달과 별이 돋고,
그렇게 없던 강이 생기고…….
하여, 새와 사람들이 반갑게 아침인사를 나누고
하여, 사람과 나무들이 일상적인 대화를 나누고

하여, 나무와 강물이 함께 누워 단꿈을 꾸는 곳.

그곳에선 온갖 초목과 새와 사람들이

한 지붕 밑에 모여 살며

커다란 하나의 눈과

커다란 하나의 귀와

커다란 하나의 가슴으로

바람과 구름과 강물의

합창소릴 듣는다.

해와 달과 별들의

속삭임을 듣는다.

만년설

일년 내내 녹아 내려도 그대로인,
안데스 산맥 고봉준령의 장엄한,
아니, 쓸쓸하기까지 한
저 설국의 침묵을 보아라.

오며가며 누군가가 말을 붙여도
그저 묵묵부답인,
아니, 또 무슨 말이 필요하랴만은,
속인의 몸으론 접근불허인
저 설국의 장엄함을 보아라.

저 침묵과 저 장엄함이
쉼 없이 녹아내려
흐르는 물줄기가 되고,
저 아래에선 굽이치는 강물이 되어
더러는 동으로
더러는 서으로
더러는 남으로
흐르고 흘러

고산지대 마른 목을 촉촉이 적셔 주고,
일 년이 다 가도 비가 내릴 줄 모르는
도심의 젖줄이 되기도 하네.

그리하여,
문명이란 탑에 생명수가 되고
그리하여,
대륙이란 땅에 생기 가득 불어 넣어
어제와 오늘을 사는 그곳의
뭇 생명들의 몸속
불길이 되네.
불길이 되네.

내 슬픔의 그림자

'이과수' 폭포의 굉음이 들리는 것 같은
국립공원 근처 어귀 길바닥에
초라한 수공예품을 진열해 놓고 파는,
브라질이나 아르헨티나의
웃음을 잃어 버린 인디오들의 얼굴을 바라보노라면
먼 옛날 우리의 조상
농투사니를 만난 것만 같아.

잉카제국의 수도였던 '쿠스코' 시내
큰 음식점을 돌며
전통악기를 연주하며 슬픈 노래를 파는,
키가 작고 광대뼈가 튀어나온,
검으튀튀한 얼굴의 인디오들을 바라보노라면
먼 옛날 우리의 형제
형제들을 만난 것만 같아.

오늘도 문명을 거부한 채
아마존 강 유역 밀림속에서 살고 있는
인디오들의 늘어진 젖가슴과

두툼해진 손발바닥을 만져 보아도
먼 옛날 우리의 이웃집
아저씨 아줌마를 만난 것만 같아.

말이 통하지 않는 남미의 어디를 가도
우리와 닮은 족속들의 그림자가 따라다녀
나는 영 자유롭지가 못하네.

먼 옛날 우리의 조상을 만난 것만 같아
멀리서부터 아련한 슬픔이 밀려오네.
밀려오네.

'알파카' '알파카'를 외치며
졸래졸래 나를 따라 다니며 내 눈을 응시하던,
'탐보마챠이'에서 판쵸를 파는,
젊은 인디오 여인의 눈빛만큼이나
나를 슬프게 하네.

그것 하나 사주지 못한 나를

오래오래 바라보던 그녀의 눈빛만큼이나

나를 슬픔에 젖게 하네.

세상은 살아있는 자의 것이고
아름다움은 향유하는 자의 것이다.

-이시환의 아포리즘aphorism·3

레콜레타 공동묘지

나는 죽은 자들이 모여 살고 있는
마을을다 다녀왔네.

그들이 머무는 집안이 좀 비좁을 뿐이지
산 자의 아파트나 연립주택보다
더 화려하게 장식되고
더 질 좋은 재료로 지어진,
축소된 저택이 모여 있는 곳이었네.

그곳의 거리는 질서정연하고
오래된 정원수와
거주자의 삶을 단적으로 설명해 주는
동상이나 기념비가 더러 세워져 있고,
그들의 평안과 복락을 기원하는
성모 마리아상과 십자가가 세워져 있기도 한,
분명 죽은 자들이 화려하게 모여 살고 있는
아주 특별한 마을이었네.

많은 돈과 권력을 쥐지 아니하면

입주하여 살 수 없는,
아니, 꿈조차 꿀 수 없는
아르헨티나의 부에노스아이레스 한 복판
'레콜레타' 공동묘지가 바로 그곳이네.

죽어서도 부귀영화를 누리는
그곳 사람들의 과거를 읽을 수 있고
그곳 사람들의 미래를 엿볼 수 있는,
정녕 죽은 자들이 모여 살고 있는
마을의 거리를 거닐어 보았네.

걸어서 움직이는 사람들은 드므나
지붕과 지붕을 넘나드는 고양이들이 유난히 많은
그곳, 산자의 욕심이 구축한
헛되고 헛된 또 하나의 인간사회네.
또 하나의 적막함이네.
쓸쓸함이네.

광 장

먼 옛날, 금과 은을 캐어
오로지 큰 돈을 벌어야겠다는 한결같은 야망으로
바다 건너온 사람들.

그들의 백 마디 천 마디 무성한 말들이
사방에서 모여드는 곳.
그리하여 죽고 사는 말이 결정되고
끝내는 유일한 명령이 되어
사방으로 뻗어 나가는 곳.

그곳을 중심으로 크고 작은 길을 내고,
빌딩을 세우고, 욕망의 탑을 쌓아 올리면서
장애가 되는 일체의
목을 베어 버리거나 뿌리를 뽑아내면서
거대한 도시와 왕국의 기틀을 잡아간다.

그것이 바로 광장.
그 광장의 역사와 문화로
남의 땅에서 새 뿌리를 내린

남미 대륙의 어정쩡한 코쟁이들.

한 손엔 성경을 들고
다른 한 손엔 총칼을 숨긴
모순과 아이러니를 머리 위에 이고
옛 광장을 서성거리네.

카타콤베catacombs

욕심 많은

아니, 영악한 누군가에 의해

수만 명에 이르는 사람들이 죽어서도

물이 되어 바람이 되어

다시 살지 못하고

수백 년 동안이나 손발이 꽁꽁 묶여 있네,

부가 넘치던 산프란시스코 교회

어두운 지하 밀실에서.

욕심 많은

아니 무지한 누군가에 의해

수만 명에 이르는

육탈(肉脫)한

크고 작은 뼈들이 모여

수백 년 동안이나 부활을 음모하고 있네,

지금도 화려한 산프란시스코 교회

어두운 지하 미로에서.

하지만 꿈을 이룬,

곰팡내를 풍기는 뼈와

이들 포로의 주인은

단 한 사람도 없어 유감일 뿐이네.

심히 유감일 뿐이네.

메스티조

남미 대륙에 가면

스페인, 포르투칼의 침략자로부터 독립의 기운을 불어
넣은

산 마르틴 장군의 동상이 곳곳에 서 있다.

우리가, 일본의 압제로부터 독립하고자

온 몸으로 저항했던

안중근 의사나 윤봉길 열사의 동상을 세우고

그 뜻을 기리고자 함과 다를 바 없으리라.

하지만 페루의 수도 리마에 가면

대통령 관저 앞 아르마스 광장 한 켠에

남미 최고의 침략자 프란시스코 피사로의 동상이 세워
져 있고,

그곳 성당엔 그의 미이라가 안치된 유리관을 소중하게
보관하고 있다.

1533년 잉카제국의 황제 아타와르파를 치욕적으로 죽
이고

식민통치를 본격적으로 시작하지만

1821년 산 마르틴 장군에 의해 페루공화국으로 독립되
기까지

300여 년 가까운 인고의 세월을 보내는 동안

부정할 수 없이 몸통의 일부가 되어 버린

자신들의 역사와 현실을 그렇게 받아들이고 있음일까.

그도 그럴 수밖에 없는 것이,

잉카의 후예들인 인디오는 씨가 말라 얼마 되지 않고

침략자들의 피가 흐르는 메스티조가 주종을 이루고 있

으니

그야말로 세상에 없던 인종이 출현했네 그려.

동양의 황인종 같이 짤따란 체형이지만

이목구비야 뚜렷한 서양의 백인들을 닮았고,

얼굴빛이야 아프리카 흑인보다는 덜 검고

동양의 황인보다는 더 검은 듯한

남미 대륙의 인디오의 그것인데

그렇다고 인디오만은 분명 아니네.

조상과 적들의 피가 한 몸에 흐르는,

부정할 수도 외면할 수도 없는

잉카의 우울한 그림자요,

침략자의 오만한 사랑의 배설이네.

스피릿 아일랜드*에서

물빛인가, 하늘빛인가?

바짓가랑이를 걷어 부치고

물 위를 맨발로 걸어도

하늘에 떠있는 것마냥 시려 오고,

하늘을 걸어도

물빛에 속살까지 젖어드는 여기는,

여기는 어디인가?

-2002. 9. 18. 23:12

---

* 스피릿 아일랜드(Spirit island) : 재스퍼 다운타운에서 남동쪽으로 48킬로미터 정도 떨어져 있는, 세계 두 번째로 큰 빙하호(氷河湖)인 말린(Maligne Lake) 호수의 동쪽 끝에 있는 조그만 섬. 이 섬에서 보면 빙하를 머리에 이고 있는 주위의 높은 산 봉우리들과, 호수가의 울창한 직립형의 수림과, 에메랄드 빛의 물과 하늘이 어우러져 별천지에 온 듯한 착각이 들 만큼 환상적이다.

물빛

살고 있는 사람들의 수보다
크고작은 호수가 더 많다는 그곳
사람들은 그저 물빛만 바라보아도
그리 여유로워지나.

고개를 들어도, 잠시 눈을 감아도
숨쉬는 맑은 물이
발밑까지 와 넘실대는 그곳
사람들은 그저 물빛만 바라보아도
그리 너그러워지는가.

-2002. 9. 20. 09:24

레이크 루이즈*·1

만약에, 만약에, 어느날, 갑자기, 이 세상에서, 너와 나,
단 둘이만, 남아있게 된다면, 남아있게 된다면, 우리는,
우리는, 어이할꼬?

-2002. 9. 13. 22:31

---

* 레이크 루이즈(Lake Louise) : 밴프 다운타운에서 버스로 약 50분 거리에 있
는, 폭 300미터 길이 2400미터에 달하는, 크지도 작지도 않은 빙하호. 처음
Stoney 인디언이 「작은 물고기의 호수」라 불렀다는데 1882년에 백인으로서
최초의 방문자가 된 톰 윌슨(Tom Wilson) 씨에 의해 「에메날드 호수」라 개명
되었고, 그후 빅토리아 여왕의 딸인 루이즈 공주가 방문하자 그로부터 「루이
즈 호수」로 다시 개명되었다 한다. 동시에 호수 뒤편으로 웅장한 모습으로
서 있는 해발 3459미터의 빙산을 「빅토리아 산」이라 부르게 되었다는 것이다.
그런데 그 빅토리아 산으로부터 빙하가 녹아 흘러드는 물이 좌우 숲으로 우
거진 낮은 산 사이로 괴어, 전체적인 모습이 아주 신비스럽기까지 하다. 특
히, 빙하와 함께 녹아 흘러든 각종 광물질 때문에 그 물빛이 아주 푸른 빛을
내는 에메날드와 같다. 멀리 웅장한 빙산과 좌우 낮은 산등성이의 푸른 숲과
함께 어울어져 이 호수는 너무나 조용하고 아늑한 곳에 오래토록 숨겨진 보
물 같기도 하다. 하지만, 호수 입구엔 「샤또 레이크루이즈」란 특급호텔이 들
어서 있고, 호수 왼쪽편으로 200여 미터 걸어들어가면 카누 같은 작은 배를
빌려 주는 곳이 있다. 그래서인지 캐나다의 그 많고 많은 호수 가운데 가장
많은 사람들이 북적이는 곳 이다.

레이크 루이즈·2

하염없이 바라보다 바라보다가

그만 네 눈길에 이끌려 들어가

나는 너의 쪽빛 물이 되고……

하염없이 부르다 부르다가

그만 내 가슴 속 불길에 휩싸이어

너는 나의 검은 살이 되고……

-2002. 9. 13. 03:02

버밀리온 호수*

날더러, 날더러

너의 눈동자 하나 빼어 가지라고?

아니야, 아니야.

이렇게, 순간,

눈길 마주친 것만으로도

나는 이미 너를 다 가졌네.

나는 이미 너의 포로가 되어 버렸네.

되어 버렸네.

-2002. 9. 14. 22:48

---

* 버밀리온 호수(Vermilion Lakes) : 밴프 다운타운에서 도보로 3, 40분 정도 소요되는 거리에 있는 세 개의 호수. 호수 주변의 흙이 주황색인 탓에 노을이 질 때면 호수 전체가 붉게 물들어 보인다. 아마도, 그래서 「주황색의 호수들」이란 이름이 붙었겠지만 해발 2949미터의 런들 산이 병풍처럼 서 있는 모습이 수면에 비춰어 더욱 아름다운 모습이 흡사 머리칼이 아주 긴 미모의 여인 같다는 생각이 불쑥 든다.

새삼 꽃들 앞에서

저리 빠알간 물결 속으로

저리 노오란 바람결 속으로

저리 하아얀 세상 속으로

온몸을 던지는 저들 꽃처럼

네 아름다움의 절정에 서 보았는가?

네 생명의 불길 속에 서 보았는가?

살아있음의 슬쓸함으로

살아있음의 기쁨으로

살아있음의 불꽃으로

온몸을 던지는 저들 꽃처럼

-2002. 9. 19. 00:47

꽃들의 門

세상의 가지가지 꽃들을 보라.

해가 지기 전에 저들의 이름을 어찌 다 부르며,

저들과 어찌 다 입맞출 수가 있겠는가.

저마다의 황홀한, 빛깔로, 생김새로, 체취로

나를 부르고 나를 유혹하지만

나는 너의 문을 열지 않으리라.

네 몸 속 깊히 숨겨진

네 정령의 커다란 문을 열면

천길 낭떨어지가 있기에

나는 결코 너의 문을 두드리지도 않으리라.

그렇게 그렇게 애써 고개를 돌리면서도

네게로 성큼 발걸음을 떼어 놓고마는 것은,

그렇게 만나야하는 너와의 운명이런가.

아름다움을 찢어먹고 사는 악마,

악마의 뿌리칠 수 없는 유혹이런가.

-2002. 9. 19. 23:49

박물관이 많은 이유

오천 년이 아닌

오백 년 역사도 아니 되는 캐나다엘 가면

가는 곳마다 이런저런 박물관이 그리도 많아.

한 때 돌을 캐내던 자리를

만인의 정원이나 공원으로 바꾸어 놓는

눈과 손을 가진 족속이고 보면

짧은 역사에 먼 미래를 준비함을

나 같은 무지렁이도 곧 알겠네.

공소한 언쟁보다야

의미를 숨기는 침묵이 낫고,

과거에 매여 사는 것보담

미래에 기대를 걸고 사는 오늘이 중요하다는

인간사의 진리를 말해 주기라도 하듯

가는 곳마다 이런저런 박물관이

사람 살던 이야기 보따릴 풀어놓네.

-2002. 9. 21. 20:09

아사바스카 빙하* 위에 서서

천년이고 만년이고 침묵을 지켜온

네 앞에서 가벼운 입을 여느니

이렇게 대좌하고 싶구나.

대좌를 한다한들 나는,

한 마리 검은 곰에 지나지 않을 터이지만

내 전전 생에 쌓여 얼음이 된,

그 눈(雪)의 순수이고 싶고,

그 순수의 불길이고, 권위이고 싶구나.

네 품에서

잠시 피었다가 지므로써 살아있는,

작고 노오란 꽃잎의 알파인 버터컵처럼.

-2002. 9. 18. 01:54

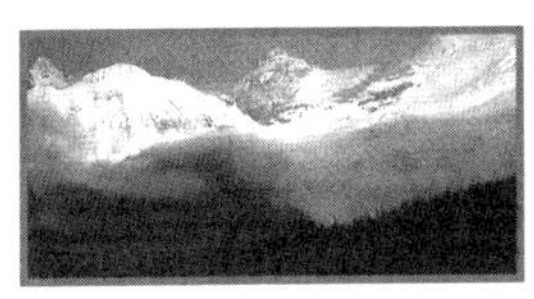

* 아사바스카 빙하(Athabasca Glacier) : 캐나디언 로키의 백미라 일컬어지는 아이스필드 파크웨이(Icefield Parkway)! 이는 밴프에서 재스퍼를 잇는 300킬로미터의 도로 가운데 트랜스 캐나다 하이웨이 정션에서 재스퍼를 잇는 230킬로미터 길이의 93번 국도를 두고 하는 말이다. 1960년대에 개통된 이 도로를 따라 태고적 신비를 간직한 콜롬비아 대빙원과 해발 3000미터 급의 높은 산 봉우리들이 빙하를 머리에 인 채 펼쳐지고 있다. 크로우풋 산 Mountain Crowfoot 기슭을 타고 흘러내리는 세 갈래의 크로우풋 빙하Crowfoot Glacier, 페이토 호수Peyto Lake의 푸른 빛깔의 물이 되는 페이토 빙하, 스노코치 Snowcoach를 타고 직접 빙하 위에 두 발로 서 보는 아사바스카 빙하 등이 그것이다.

해발 3745미터의 콜롬비아 산을 정점으로 산 봉우리 사이사이에 평균 두께 300미터의 얼음이 325평방킬로미터 정도 되는 넓이로, 얼음 평원이 형성되었는데 이것이 바로 콜롬비아 대빙원Columbia Icefield이다. 내려 쌓인 눈이 30미터 이상이 되어야 자체 압력으로 밑에서부터 얼음이 된다는데 그 얼음의 두께가 90~365미터라니! 그런 거대한 얼음덩이가 녹으면서 서서히 산밑으로 내려온다니 그 형국을 상상해 보시라.

바로 그 콜롬비아 대빙원에서 떨어져 나온, 안드로메다 산과 스노우 둠 사이로 흘러내리는 것이 아사바스카 빙하이고, 이 빙하는 계곡빙하로서 넓이 6평방킬로미터에 길이 6킬로미터에 두께가 90~300미터이다. 이 빙하는 그 끝지점이 1년에 15미터씩 계곡 밑으로 이동한다. 물론, 같은 얼음 덩어리라도 그 밑부분과 윗부분의 흘러내리는 속도가 다르기 때문에 큰 틈이 생겨 얼음폭포처럼 되기도 한다.

이 콜롬비아 대빙원과 주변 빙하들은 맑고 깨끗한 물을 공급하는 대형냉동창고 구실을 하며, 주변의 기상에도 직접적으로 영향을 미쳐 동식물 생태에까지도 관여하는 셈이다. 그런데 매년 내려 쌓이는 눈보다 녹는 양이 많아 빙하가 점점 줄어들고 있고, 녹아 흐르는 물은 결국 태평양, 대서양, 북극해로 방류된다.

호텔론

캐나다 앨버타 주 '밴프'라는 국립공원에 가면
해발 2949미터 런들 산을 배경으로
1888년에 완공했다는,
옛 성과 같은 대규모 '밴프 스프링스'라는 호텔이,
잔잔히 흐르는 보우 강물을 바라보며
양 어깨에 힘을 주고 있다.

캐나다 퀘벡 주 '퀘벡시티'라는 북미 유일의 성곽도시
에 가면
1893년에 완공했다는,
중세 프랑스풍의 위엄있는 '샤또 프롱뜨낙' 호텔이,
세인트 로렌스 강을 굽어보며 절벽 위에 서서
그야말로 위풍당당 버티고 있다.

그러고 보면,
영국과 프랑스에서 건너온 種子들이 캐나디언이 되어
한 세기가 넘어서도 화려함이 넘쳐나는 호텔을
산등성이나 절벽 위에 짓고 살면서
자신들의 역사를 새로이 써 왔겠다?

하지만 반만년에 가까운 세월 동안

낮은 초옥에 길들여져 살아온 조선사람으로서

그것들을 바라보매,

갑자기 한쪽 눈에 잡티가 들어온 것 같은 심사이긴 하나

그 大役事가 가능했던 배경을 잠시 생각노니

그 화려함도, 그 위풍당당함도 별 것은 아니더구나.

활작 펼쳐 놓은 아름다운 산과 호수와 강물이

사람의 저 밑바닥 貪心을 무한정 자극했을 터이고,

성능 좋은 총과 많은 군사를 거느린 녀석의 입이 곧

돈과 결탁한 법인 시절이었으니

값싼 노동력과 풍부한 자원을 쉬이 착취할 수도 있었을 게 아닌가.

다시 생각해 보면,

'밴프 스프링스'나 '샤또 프롱뜨낙' 같은

지은 지 일백 년이 넘어서도 화려하기가 짝이 없는

호텔 하나 갖지 못했으니 망정이지,

지구의 핵과 같이 소중한 한반도에

아니, 하늘이 늘 가까이 내려와 있는 땅에

그런 大盜의 침실이 있다면 크나큰 수치가 아닌가.

-2002. 9. 11. 00:31

인간 삶의 진실을 추구하는 것이 문학이라면
그것의 역사란 인간 자신에게 솔직해져 가는 과정이요, 방식이다.

-이시환의 아포리즘aphorism·4

自省論

서울의 변두리에 살면서

어쩌다가

키가 크고, 코도 높고, 털도 많은,

부리부리한 백인의 얼굴을 빤히 들여다볼라치면

영락없는

동물원의 원숭이를 보는 것만 같았는데……

우연한 기회에

한 보름정도

백인의 무리속에서 여행을 하다보니

나중에는

내 일행과 내가 곧 더 못생긴,

침팬지 코에 침팬지 입술을 갖고 있다는

뜻밖의 생각도 들기는 들더라만……

새삼, 너를 통해서 나를 보고,

나를 통해서

조금도 다를 바 없는 너를 보았네 그려.

-2002. 9. 11. 23:35

외면
-빅토리아 산과 루이즈 호수에 대한 유감

멀리 보이는,

높고 웅장한 산에서 커다란 빙하가 밀려 내려올 때

침식된 곳으로 쪽빛 호수 하나가 눈을 떴네.

지금도 그 높고 웅장한 산 중턱엔

나머지 빙하가 걸려 있지만,

이런 정경을 멀리 떨어져

높은 곳에서 바라보노라면

길쭉한 물고기 같기도 하고,

가까이 다가와 보면

그 물빛이 꼭 손 안에 든 에메날드 같기도 하다네.

그런 너를 두고

'작은 물고기의 호수'라 부르는 이는 인디언이고,

'에메날드 호수'라 부르는 이는

백인 최초의 방문자 톰 윌슨(Tom Wilson) 씨라네.

인디언은 너를 보았으되

멀리서 보았기에 그 모양을 보았고,

백인은 너를 보았으되

가까이 다가와 보았기에 그 물빛만을 보았네.

하지만 그후로

권세가 대단한 빅토리아 여왕의 딸,

루이즈 공주가 소문을 듣고 구경을 왔더랬는데

그로부턴 이도저도 아닌 '루이즈 호수'라

그 이름 바꿔 부르고,

멀리 보이는 그 높고 웅장한 빙산을

어이없게도 '빅토리아 산'이라 부른다네.

모년 모월 모일 모시, 나는 그런 너를 보았으되

너를 보지 못했네.

분명, 가까이서 멀리서 두루두루 보았으나

나는 정녕 너를 보지 못했네.

그런 내 마음 내 눈길 한번 마주보지 못했으니

너도 정녕 나를 보지 못했네.

-2002. 9. 13. 21:08

부차드 가든에서

일평생 돈을 벌기 위해

돈에 죽고 돈에 사는 이들이여,

일평생 권력욕에 사로잡혀

명예 잃고 건강마저 잃는 이들이여,

일평생 천국을 운운하며

추하게 늙어가는 이들이여,

이런저런 욕심으로

이웃들에게 부담만 안겨 주는 이들이여,

잠시 일손을 놓고

빅토리아 섬 부차드 가든으로 가 보시게나.

그곳에 가서도

큰 소리 치고, 앞 다투어 끼어들고, 우쭐대거나 거들먹

거린다면

네 스스로로부터 따돌림 당하기 십상이니

여느 방문객처럼 천천히 걸으며,

석회암 채석장이자 시멘트 공장이

한 부부의 손길로 다시 태어난 꽃의 나라,

꾸며진 천국을 마음껏 둘러보시게나.

그곳에 어울려 사는

갖가지의 꽃과 나무와 바위와 흙과 하늘이

어느새 네게로 다가와 귀뜸해줄 테니까.

진정 아름다운 것이 무엇이며,

진정 우리를 구원해 주는 것이 무엇인가를.

천국도 만들지 않으면 존재하지도 않는다는 사실을.

-2002. 9. 15. 23:42

볼트 성

세인트 로렌스(The St. Lawrence River) 강에 가면,
크고 작은 섬들이 옹기종기 모여서 물 위에 떠있는
'천섬(The thousand Islands)'이라 불리는 구역이 있다
네.
맑은 강물이 잔잔히 흐르는 그곳의 사계절 정취가 얼
마나 아름다운지
그곳에 살던 인디언들은 '위대한 영혼의 정원'이라 불
렀다는데,
그곳을 배를 타고 한 바퀴 돌라치면
어딘가에서 본 듯한 옛 성이 슬픈 사연을 간직한 채
여행자들의 시선을 붙잡네.
독일에서 십대에 건너와
뉴욕의 월도프 아스토리아 호텔(The Waldorf Astoria
Hotel) 주방에서 일하던
볼트(George C. Boldt)라는 소년이 초특급 승진하여
그 호텔의 주인이 되고,
그는 어릴 때부터 꿈꾸어 왔던 고향의 Rhineland Casle
과 똑같은 성을 지어
아내에게 선물할 요량으로,

1900년에 200만 5000달러를 들여

120개의 방이 딸린 11동의 복합건물을 짓기 위해

300명의 세계적인 匠人들을 다 동원하였다네.

하지만 애석하게도 1904년에 돌연 아내가 사망하자

그는 모든 공사를 중단시키고

다시는 그곳에 돌아오지 않았다네.

비록, 아내의 죽음으로 Rhineland 城의 복제를 마무리

짓지 못했지만

어릴 적의 원대한 꿈을 이룬 그의 능력과 아내 사랑의

상징물이 되어

세인들의 발길을 멈추게 하네.

-2002. 9. 23. 00:52

천섬과 영혼의 정원

나무 한 그루가 서 있을 정도의 작은 섬으로부터
농장이 딸린 섬에 이르기까지 천여 개의 섬이 옹기종
기 떠 있는
세인트 로렌스 강의 일정 구역을 두고,
어떤 이는 '천섬The thousand Islands'이라 부르고
또 어떤 이는 '영혼의 정원The Garden of the Great
Spirit'이라 부르네.

'영혼의 정원'이라 부르는 이는,
그곳의 하늘과 강물과 섬들의 속삭임에 귀를 기울이고
눈길을 주며 살았어도 부족할 게 하나도 없었지만
'천섬'이라 부르는 이는,
그곳에 초호화 별장과 성을 지어
자신들의 부와 명예를 한껏 과시하며 특권을 누리네.

'영혼의 정원'이라 부르는 이는,
고작해야 콩이나 옥수수를 심고 물고기를 잡아먹고 살
았지만
'천섬'이라 부르는 이는,

사람들까지도 수없이 잡아댔던 이들의 훌륭한 후예라네.

그런 능력의 차이로 '영혼의 정원'이라 여기던 이들은
'천섬'이라 부른 그들에 의해
그곳에서 뿐 아니라 북남미에서, 지구 전역에서
사라졌거나 사라져 가고 있으니
돈 버는 일을 마다하고 시나 쓰고 있는
나의 가까운 미래를 보는 것 같아 쓸쓸하기 그지없네.

하지만 사람 사는 곳에 사람의 역사가 있을 뿐
역사의 뒤안길로 사라졌다 해서 꼭 패배를 의미하지는
않아.
역사는 아직 끝나지도 않았으며,
영혼의 정원을 천 개의 섬으로밖에 생각지 못했던 그
들이
과즙을 다 빨아먹어 지구가 쭈글쭈글해질 날도 도래하
기는
도래할 테니깐 말이다.
-2002. 9. 22. 22:46

점잖은 캐나디언

海賊이 양반되었구나.

총칼이 곧 정의요 진리이던 시절에

해적으로서 부족함이 없던 너희들이,

진짜 점잖은 양반이 다 되었구나.

인디언들과 모피교역을 시작으로

욕망의 주머니에 금은보화를 가득 채우기 위해

야금야금 그들의 하늘과 땅을 다 차지한

분명한 도적의 무리들이 언제부턴가

여유를 포식하는구나.

형형색색 꽃잎에 혀를 낼름거리고,

다운타운 노천카페에서 부드러운 햇살 쪼이며,

로키의 빙하와 호수와 숲과 강물의 4중창을

가슴으로 들으며,

훔치고 빼앗은 물질과 이방인의 노동력으로

일찍이 남의 땅에 문명의 탑을 세웠어도 높이 세웠구
나.

이제는 너희들이 먼저 세계평화를 외치고

이제는 너희들의 입으로 인류복지를 제창한다마는

그런 너희들의 몸속으론

아직도 숨겨진 해적의 피가 흐르는구나.

지구촌 어디를 가도

지구촌 어디를 가고 또 가도

사람 사는 곳엔 사람의 어제와 오늘이 있네.

수많은 사람과 사람들이 대를 이어 오면서

아리아리 슬픔을 다 묻어두고

기쁨을 다 묻어두고

커다란 강물 되어 흐르네.

지구촌 어디를 가고 또 가도

사람 사는 곳에 사람의 역사가 있듯

그 밉고 고운 사람들을 다 한 품안에 두고서

함께 체온을 나누어 온 대자연의 모성(母性)이 있네.

아슴아슴 세월을 다 묻어두고

태초의 말씀을 다 묻어두고

한 숨결로 온갖 신비의 꽃을 피우네.

인류 최대의 적은 인간 자신이다.

-이시환의 아포리즘aphorism·5

두 얼굴의 지구촌

한쪽에선 입에 물리도록 먹고 마셔대도

남아도는 음식물 찌꺼기가 처치 곤란이지만

다른 한쪽에선 굶어 죽어가는 어린 것들이

곳곳에 널려 있네.

한쪽에선 곰 한마리가 차에 치어 죽어도

커다란 사건이지만

다른 한쪽에선 사람들이 죽어 나가도

조금도 대수롭지가 않네.

한쪽에선 평화와 풍요를 만끽하며

생의 찬가를 부르기 바쁘지만

다른 한쪽에선 폭력과 가난에 시달리며

절망적인 비명을 지르네.

그러나 태양과 지구는 여전히

낮과 밤을 부리고 사계절을 부려 놓네.

그러나 사람과 사람들은 여전히

자기 살기에 급급하네.

-2002. 10. 8. 22:43

서울의 그림자

줍고 누추하지만
지친 몸을 누릴 수 있는 방이 있기에
그래도 나는 행복했었네.

더군다나, 창문을 열면
멀지 않게 북한산의 칼바위 능선이 보이고,
목만 조금 빼어도
도봉산의 인수봉이 다 드러나 보였는데,

이제는 그 창문조차 쉬이 열 수가 없으니
나의 수심만 병이 되어 깊어가네.

서울 상공을 짓누르는 대기는
사람들을 납짝 엎드리게 하고,
간유리에 씌워진 듯한 시계(視界)는
숨조차 탁 막혀 버리게 하는 것이,

나부터 욕망과 욕구를 자제하지 않는다면
머지않아 가래 끓는 서울의 그림자가

사람들을 덮칠 것이고,

온기를 잃은 우리의 서울이
버려진 소라껍데기처럼
짙은 안개 속에 떠 있을 것이네.
-2004. 6. 29. 02:26

말뚝 박기
-아리랑 고개가 없어지던 날을 생각하며

아침저녁으로 쉼 없이 들리는 저 소리,
우리들의 끝없는 욕망의 역사를 쓰기 위해
쿵쿵 쾅쾅 지구에 말뚝 박는 소리.

우리들의 귀가 저 소리에 익숙해지는 동안에
어제까지 있던 고개 마루 하나가
그야말로 마술처럼 온 데 간 데 없이 사라져 버리고,
그 자리엔 낯선 고층빌딩과 낯선 사람들이 들어서서
우리들의 고향,
서산에서 불어오는 바람을 가로막아 버리네.

새삼, 바깥세상이 급변하는 줄도 모르고
외톨이가 되어 살아오지 않았나 싶어
고개를 갸우뚱거리며 스스로를 의심해 보지만
그런 너와 나의 손에도 어김없이
크고 작은 말뚝이 하나씩 들려있네.

오늘도 쿵쿵 쾅쾅

다름 아닌 우리들의 심장에

말뚝 박는 소리를 들으면서

우리들은 애써 고개를 돌리네.

콩나물 기르기

정확히 알아들을 수 없는
저 밑도 끝도 없는, 무성한 말들!
분명, 저 무성한 말들이 눈을 초롱초롱 뜨고 있는
한반도의 어둠 속에는
화려한 수사(修辭)도, 궤변도, 논리도,
인간의 오만도, 눈물도, 진실도,
그것들의 함정도 뒤섞여 있으리라.

저들의 목이 마르기 전에 충분히, 자주 물을 주어야
쑥쑥 길게 자라나는 콩나물이 되듯이

저들에게 실명(失明)케 하는 햇빛을 주면
푸른 싹을 내미는 자기 모반을 꾀하듯이

저들에게 때 맞추어 물, 물을 주지 않으면
앞다투어 잔뿌리와 실뿌리를 숱하게 뻗어내려
마침내는 서로 엉켜 붙어 한 통속이 되어 버리듯이
인간 세상의 무성한 말들이 무성한 말을 낳아

빽빽한 콩나물 시루 속 같은.

숨쉬기조차 어려운 한 통속의 침묵을 강요하네.

-2003. 3. 30. 21:32

이시환 연보

● 1957년   대한민국 전북 김제에서 출생, 정읍에서 자라다.

● 1981년   남성고 · 원광대학교 농과대학 농학과 졸업하다.
  * 2년 장학금 수혜

● 1986년   명지대학교 인문대학 국어국문학과를 졸업(문학석사)하다.
  * 논문:한국 현대시에 나타난 바다 이미지 연구

● 1987년   「詩와 意識」지 시 부문 신인상을 수상하다.

● 1988년   「월간문학」지 문학평론 부문 신인상을 수상하다.

● 1989년   일본 「地球の詩祭」에 초청되어 시낭송을 하다.
  * 계간지 「地球」에 시 「달동네」 발표

● 1995년   문학평론집 『毒舌의 香氣』로 한국문학평론가협회상
  (비평 부문)을 수상하다.

● 1995년   광복50주년기념 한 · 일 전후세대100인시선집 『푸른 그리움』
  을 양국 동시 출판하였으며, 일본 시인 20여 명을 서울에
  초청, 서울특별시립 용산도서관 시청각실에서 출판기념회
  겸 특별 시낭송회를 개최하다.

● 1996년   『新詩學派宣言』으로 한맥문학상 비평 부문 우수상을 수상
  하다.

● 1997년   제16차 세계시인대회(마에바시 · 일본)에 참가, 시낭송하다.

● 1996년   제17차 세계시인대회(서울 · 한국)에서 주제 발표하다.
  * 제목 : 생명의 모태로서의 자연은 시의 고향

● 1998년   I.P.A.(국제시인아카데미 · 인디아)에서 발행하는 엔솔로지
  『WORLD POETRY』에 청탁원고 영역시 3편을 발표하다.

● 1998년   인디아에서 발행하는 국제적인 엔솔로지 『International

Poetry』에 청탁원고 영역시 1편을 발표하다.

●1998년　제1차 세계시낭송문학연구회 창립대회(부산·한국)에서 주
　　　　제 발표하다.
　　　　　＊제목 : 시낭송의 의미와 발전적 방향

●2000년　「문화의 세기와 문학」이란 주제로 강원도 동해시 '그린피
　　　　아'와 '해인 그랜드 호텔'에서 100여 명의 문학인들이 참
　　　　가한 가운데 문학 심포지엄을 개최하다.

●2000년　월간 「연변문학」과 공동 주최로 중국 연길 대우호텔에서
　　　　'중국 조선족 시문학의 위상'에 대한 문학 세미나 및 특별
　　　　시낭송회를 개최하다.

●2000년　제2차 세계시낭송문학연구회 중국대회(연길·중국)의
　　　　엔솔로지 『HARMONY』에 주제발표를 하다.
　　　　　＊제목 : 시낭송의 아름다움에 대하여

●2000년　일본의 문학평론가 佐川亞紀(사가와아끼)와 일본에서 시인
　　　　겸 번역가로 활동하는 姜晶中 씨가 이시환의 작품론을
　　　　잡지와 개인저서에 발표하다.

●2000년　I.P.A.(The International Poets Academy · Founder-president :
　　　　Prof. SYED AMEERUDDIN, Chairman : Dr. KRISHNA
　　　　SRINIVAS) 곧, 인디아에 본부를 두고 있는 세계시인아카
　　　　데미로부터 '새천년 시인상(POET OF THE
　　　　MILLENNIUM AWARD)'을 받다.

●2001년　「문학과 종교의 상관성」에 대하여 명지대학교 시청각실에
　　　　서 문학심포지엄을 개최하다.

●2001년　한국원자력문화재단 후원으로 문학인 45명을 인솔, 울진원
　　　　자력 발전소를 시찰하다.

●2001년　(사)한국문인협회 주최, 해외 심포지엄에서 「한민족의 문학
　　　　적 역량집중과 미래」라는 제목으로 주제발표를 하였으며,
　　　　남미의 브라질·아르헨티나·페루 등 3국을 여행하다.

●2001년　(사)세계거석문화협회(회장:유인학) 초청으로 문학인 50여

명을 인솔, 고창과 강화 고인돌군을 현장답사하다.

● 2002년 울산 소설가협회(회장:김웅) 초청으로 앤솔러지 『소설 21세기』 출판기념회장에서 「책이 읽히지 않는 시대 문학인의 자구책」이란 제목으로 특별 강연을 하다.

● 2002년 고인돌 앤솔러지 『말 하는 돌』을 발행하다.

● 2002년 송세훈 박사와 손정숙 여사께서 시 32편을 영역하여 주어 한영 대조 소시집을 발행하다.

● 2002년 캐나다 한인문인협회(회장:이덕형)에서 주최하는 호반문학제에 초청을 받고, 참가차 13박 14일 동안 캐나다 동서부 여행을 하다.

● 2003년 중국 연길, 훈춘, 방천, 장춘 지역 등을 11박 12일 동안 여행하였으며, 연길 여성문인협회에서의 강연, 월간 「연변문학」에서의 대담, 격월간 「장백산」에서의 좌담회 등을 하다.

● 2003년 중국 연길 여성문인협회(회장:허련순) 회장단을 초청한 가운데 「소설문학의 미래를 위하여」라는 주제로 문학 심포지엄을 경기도 양평 '벨라지오' 호텔에서 개최하다.

● 2003년 월간 문학21(발행인:안도섭) 초청으로 속리산 관광호텔에서 「참 문학을 위한 문학인의 자세」에 대하여 특강을 하다.

● 2003년 제5회 雪松문학상 본상을 10월 25일 부산여자대학 茶村文化館에서 수상하다.

● 2004년 '소백의 사람들' (회장:신기선) 초청으로 6월 16일 충북 단양 장회나루터에서 시화전 및 시낭송회에 참가하다.

● 2004년 재단법인 원자력문화재단(이사장:박금옥) 초청으로 인간시대 위원회위원 36명과 함께 7월 13~14일에 걸쳐 울진 원자력 발전소를 시찰하고, 지구환경과 원자력 발전이라는 특강을 듣다.

● 2004년 월간 문학21(발행인:안도섭) 초청으로 7월 24~25일에 걸쳐 단양 유스호스텔에서 「문학과 인생」이란 주제로 특강을 하

였으며, 단양 8경을 두루 구경하다.

● 2004년　강원도 원주에서 활동하는 이무권 시인 초청으로
　　　　　동방문학회 회원 40명이 원주 및 제천, 단양, 대구에서 온
　　　　　문인들과 함께 금대산에서 '품앗이 모임'을 개최하다.

● 시　　집: ① 안암동 日記
　　　　　② 백운대에 올라서서
　　　　　③ 바람 서설
　　　　　④ 숯(편집 완료되었으나 출판되지는 못했음)
　　　　　⑤ 무제無題(①+②+③+④)
　　　　　⑥ 추신追伸
　　　　　⑦ 바람소리에 귀를 묻고
　　　　　⑧ 벌판에 서서(시선집)
　　　　　⑨ 우는 여자
　　　　　⑩ 상선암 가는 길
　　　　　⑪ 영역시집:Shantytown and The Buddha(2003, 서울)
　　　　　⑫ 중역시집:佇立曠野(2004, 북경)

● 문학평론집: ① 毒舌의 香氣(1993)
　　　　　② 新詩學派宣言(1994)
　　　　　③ 自然을 꿈꾸는 文明(1996)
　　　　　④ 호도까기-批評의 無知와 眞實(1998)
　　　　　⑤ 눈과 그릇(2000)
　　　　　⑥ 명시감상(2000)
　　　　　⑦ 비평의 자유로움과 가벼움을 위하여(2002)

● 중요편저: ① 한·일전후세대 100인 시선집「푸른 그리움」
　　　　　양국 동시 출판(1995)
　　　　　② 시인이 시인에게 주는 편지(1997)
　　　　　　* 이시환의 시집과 문학평론집을 읽고 문학인들이 보낸 편지
　　　　　　를 모은 책
　　　　　③ 고인돌 앤솔러지「말하는 돌」(2002)

● 현재, 격월간 「동방문학」 발행인 겸 편집인

  2004년 10월 현재 통권 제41호 발행

● 주소 : 서울특별시 성북구 정릉동 우성Ⓐ 104동 1811호

        TEL : 02-919-2562(H)

             02-6231-6656(H), 02-2264-1972(O)

        FAX : 02-2264-1973(O), 011-9276-9978

        E-mail : dongbangsi@hotmail.com

               dongbangsi@hanmail.net

        http://www.sentencei.com

이시환시집 · 상 선 암 가 는 길

2004년 10월 03일 초판인쇄
2004년 10월 12일 초판발행
지은이:이 시 환
펴낸이:이 혜 숙
펴낸곳:도서출판 신세림
　　　　100-015 서울특별시 중구 충무로5가 19-9 부성B/D 702호
등록일:1991. 12. 24
등록번호:제2-1298호
전화:02-2264-1972
팩스:02-2264-1973
E-mail:shinselim@chollian.net

정가 8,000원

ISBN 89-5800-026-0, 03810